TABLEAUX

PAR

GUSTAVE COLIN

MARS 1882

A. Quantin imprimeur
7 S. Benoît, 7 à Paris

CATALOGUE

DES

TABLEAUX

PEINTS PAR

Gustave COLIN

DONT LA VENTE AURA LIEU

HOTEL DROUOT, SALLE N° 8

Le Mercredi 29 Mars 1882

A TROIS HEURES PRÉCISES

EXPOSITIONS

PARTICULIÈRE	PUBLIQUE
Le Mardi 28 Mars 1882	Le Mercredi 29 Mars 1882
DE 1 HEURE A 5 HEURES	DE MIDI A 3 HEURES

COMMISSAIRE-PRISEUR	EXPERT
M⁰ Léon TUAL	M⁰ P. DETRIMONT
39, rue de la Victoire	27, rue Laffitte.

Chez lesquels se distribue le présent Catalogue.

CONDITIONS DE LA VENTE

Elle sera faite au comptant.

Les acquéreurs payeront 5 pour 100 en sus des adjudications applicables aux frais.

DÉSIGNATION

1. — Le Retour de la pêche à Fontarabie. Le soir. mer
   basse.

Longueur : 0^m, 28. Largeur : 0^m, 41.

2. — Le Village d'Urugne dans les Basses-Pyrénées.

H., 0^m,33. L., 0^m,40

3. — Navires en relâche dans la rade de Saint-Jean-de-Luz.
   Marée descendante.

H., 0^m,33. L., 0^m,40.

4. — La Ville de Pasages, en Guipuscoa (Espagne), à l'aube.

H., 0^m,33. L., 0^m,54.

5. — Métairie basque. Paysage d'automne.

H., 0^m,37. L., 0^m,55.

6. — Le Quai de Ciboure et les Ruines du vieux Pont, à marée basse. (Basses-Pyrénées).

H., 0^m,37. L., 0^m,55.

7. — Le Fort de Socoa, à l'entrée de la rade de Saint-Jean-de-Luz. Soir.

H., 0^m,28. L., 0^m,41.

8. — Le vieux Chêne. Matin d'été.

H., 0^m,60. L., 0^m,79.

9. — Gros temps de Nord-Ouest.

H., $0^m,33$. L., $0^m,40$.

10. — Le grand Chenal dans le port de Pasages. Plein
calme.

H., $0^m,50$. L., $0^m,77$.

11. — Matin d'un jour d'orage. Côtes du golfe de Gascogne.

H., $0^m,31$. L., $0^m,45$

12. — L'Auberge de Chapelle, au fond de la vallée de Héas
(Hautes-Pyrénées).

(Muletiers aragonais faisant halte avant de passer
le port).

H., $0^m,60$. L., $0^m,74$.

13. — La Mer de Gascogne. L'Été.

H., $0^m,33$. L., $0^m,40$.
*

14. — Ferme sous les noyers à Urugne (Basses-Pyrénées).

H., 0^m,60. L., 0^m,50.

15. — Une Posada espagnole en Guipuscoa.

H., 0^m,55. L., 0^m,46.

16. — La Nive, au pas de Roland. Environs de Bayonne.

(Étude pour le tableau du Salon de 1880).

H., 0^m,52. L., 0^m,79.

17. — Un Coin de ville du midi. Soir d'été.

H., 0^m46,. L., 0^m,55.

18. — La Sortie de la messe à Ciboure.

H., 0^m,33. L., 0^m,40.

19. — Entrée de la pleine mer.

H., 0^m,33. L., 0^m,40.

20. — Vue générale du quartier Saint-Jean à Pasages.
Soir de septembre.

(Un navire américain appareille pour sortir du
port).

H., 0^m,92. L., 1^m,25.

21. — Cabane aux environs de Gèdres, sur la route de
Gavarnie (Hautes-Pyrénées).

H., 0^m,28. L., 0^m,40.

22. — Le Golfe de Gascogne, à Saint-Jean-de-Luz.

(Vue prise des hauteurs de Bordagain. Au loin le
phare de Biarritz).

H., 0^m,54. L., 0^m,84.

23. — Une Rue de village à Guipuscoa.

H., 0^m,40. L., 0^m,33.

24. — La Place de Ciboure et la Ville de Saint-Jean-de-Luz.

H., 0^m,65. L., 0^m,92.

25. — Le Quartier Saint-Pierre, à Pasages.
(Six heures du matin en septembre).

H., 0^m,56. L., 0^m,80.

26. — Rue principale du faubourg de Santa-Madalena. Quartier des pêcheurs, à Fontarabie (Guipuscoa).

H., 0^m,40. L., 0^m,54.

27. — La Mer, le soir (Rade de Socoa.)

H., 0^m,26. L., 0^m,40.

28. — Le vieux Bassin de Hendaye. Frontière d'Espagne.

H., $0^m,33$. L., $0^m,40$.

29. — La Montagne du Phare, à Pasages.

H., $0^m,33$. L., $0^m,40$.

30. — Les vieux Chênes de Belcheneia, à Urrugne. Premiers jours d'automne.

H., $1^m,00$. L., $1^m,30$.

31. — Le Quai de Bonanza, à Pasages.

H., $0^m,27$. L., $0^m,35$.

32. — La Mer le lendemain de la tempête. Golfe de Gascogne.

H., $0^m,55$. L., $0^m,77$.

33. — Navires en rade. Marée montante.

H., 0^m,33. L., 0^m,40.

34. — Parisiennes à Cauterets.

(Promenade du mamelon vert).

H., 1^m,00. L., 0^m,80.

35. — Le Départ pour la pêche.

H., 0^m,65. L., 0^m,92.

Paris. — Imp. A. Quantin, 7, rue Saint-Benoît (420)

Quantin imprimeur
S. Benoît 7 à Paris

www.ingramcontent.com/pod-product-compliance
Lightning Source LLC
LaVergne TN
LVHW021621170726
843501LV00010B/4099